Lika
YATSUYANAGI

Cliché

Cliché

2016年2月1日　発行

著　者　八柳　李花

発行者　知念　明子
発行所　七　月　堂

〒156-0043　東京都世田谷区松原 2-26-6
電話　03-3325-5717
FAX　03-3325-5731

©2016 Lika Yatsuyanagi
Printed in Japan
ISBN 978-4-87944-246-8 C0092

Cliché

crosschronoptikos

* *
*

　とろとろとした低調のなかにありながら、日々はなんとはなしに移ろう。虚ろな雑感？というべき感傷の堆積を横目でやりすごしつつも、恢復してゆくおだやかなぬくもりが、空気をふくんでやわらかく明るむのを、ただ待っているような。

　ころころと笑うひとだと思った。朗らかさって慣れきれないもので、ことばの深部に礎くまなざしにまで、すみずみと浸透しているものであるとおもう。凍土ってどこだろう、——感覚の、凍土。そこに踏みとどまったままで、たまに、すこしだけ、懐かしい。

　いつもそんな、単純な、散漫な気怠さにうずまいてみても、なにかしらきっとはっとさせられる淡みのうちに添って、おそるおそる冴えている。鋭敏なまでの耳腔にまぶたをふるわせる夜辺であっても、きっと、そのように織り込まれている。ここからはことば、ここからはあなた————っていう輪郭がそもそもあいまいだったね。

　トレ・ユネール。ここからはことば、ここからは、からだ。

＊
＊　＊

　ふわりと宙空でうるむちょっとした思考の留まりにさえも、そうやって謂われのない捉われにイルミネーションは光子を散らばせながらも、夕霧をしっとりとかかえこんだ寒気に重はゆくもたれかかっている。
　こうして想うままに綴ることさえも、いつかの眩い記憶のあまやかな瀞を掬いあげては、足指の爪で澱みをにごして、意味の水面にちらちら浮かんでは反射する無邪気な彩色にやすらんでいる。
　喪失した記憶の深部によこたわる、ふやけた褐色のコノテーション。連綿とうたう声音にあたえられるつなぎめも、いつかの意味に似てセピアに綻びている。ゆるぎなさに携えられたから、あとはただ、なごやかな時間さえもうるおしい。いつくしみ深く佇んだ拭いされない咎でさえ、深夜、さめざめとおとずれる余韻に、いつかのぬくもりがそえられている。

　そもそもが、なんだったんだろう。ことばではなくて、こころでもなくて。そんなふうに沈みこむ寒気のなかに、優しく閉じていることは、とても心地いいことだから。

　　　　　＊
　　　＊　＊

　あたたかな毛布に憧れながら、すべらかなその肌理に沈みこむ退屈さえも遠のいて、きみは、その甘い口角をふるわせながらも、夕闇にとけこんだ幼さを抱えたまま、そのようにさみしげな水沫のなかを漂っている。

　炭酸みたいに蕩けて消える、酸味はいつかの熟れた果実の香りを残して、次に目覚めたときにきみの額は、今よりずっと冷ややかで明るい空気に触れているんだろうから。おやすみ、と言いかけたままで、やわらかさの内奥へと閉じこんでゆくよ。これから、ただ、こうして。

　得られた時間は、いつだってことばに合わさっていた、だから鋭角を濃く映す路地裏の打ち水だって、いつかの景色に傾いたまま色味を帯びているから。きみの言った蟬時雨に、冬陽はさあっと秋を通り抜けていった。抱えこんだままの渇きと、やさしさに床擦れてゆく感覚は平衡をくずして、もう、いつからか懐かしいまどろみに、充ちみちている。

*
* *

　ことばからはじまるひかりのさざなみ。きみの白い背にもたれたままの物憂さのなかでも、日々はゆるやかに延び、その拡がりの裾野にちらちらと舞う往来の噺きに、土埃は西陽を散らしながらも、どこかしら眩しい疎ましさをたずさえて、そろそろとブーツの爪先にも翻る季候のなかで、このように巻きかえされている。

　こころではないところからかぞえだして、ひとつめの、藍。そこはどこにだってある、いつでもない今に溢れて。たまに立ちどまるきみの、冴えた虹彩にさえ、甘やかな躊躇いは慈しみをたたえたまま、据えおかれた感慨にさえ、こんなにも零れている。つるんとした夢の、ここちよい眠りの。おもたいまぶたの、すべらかな頰の。棘だった大地の、ささくれた封蠟の。とろけだした、子守唄の。

　きこえる、刹那はまだやわらかい。瞬きの手前からうらがえったままで、通りすぎる月齢の振幅にもとどめおかれるものは、あらかじめあたえてあるから。こうして、古びた欄線にうずくまったまま、ここにまで延びひろがる軌跡を、たどりなおしていた。

　———きみの健やかな声音の、篭れるひびきのなかの、途絶えきれない回路を拾いあげてはさらわれる日々に止んだ。そこに佇んで見あげるここからの、曇り陽のスモッグのきれまの、たどたどしい無音の、それらすべてが、いつだってずっと、いとおしい。

＊
　＊　＊

　やましさを疾駆するゆるめきにさえもきみの歯先はたどる。とろけた余韻に流れだしながらも拘わる、表皮に吸いつく質感は光子を交差しながらも、熟れやかな内奥にただ惑いを秘めたままかきまぜられる潤わしやかな時間をしたらせたままにして、今宵も、こうして、ひらかされてしまう。

　ことばにした端から悗むゆがんだ耳朶からの跳躍に醒め、さめざめとふるうまろみがかった半球に囚われる。譲られてきたものばかりを集めだし、灰白色の天球儀がくるわしく倒れこんだ屋根裏部屋の、きみの足跡が散らす銀色の雲埃の、轍にしるされたながらむ吐息の、うずまく悦びにほどけた斜体文字の、ふるびた羊皮紙にはさまれたまま散ることさえも許されずに、青紫色のインキに滲ませた自恣が、幾世紀も花弁を放射したままにはさみこまれ、ほころんでいる。

　ゆるぎのない躊躇いに惹きこまれたままの、かすれた印字から掬いあげるまなざしに、宙空に舞う西陽が光子を散らしている。しめやかな欲動に苛まれることで騙られるテクストのメランコリア。しっとりと巻いた舌先に集まる戸惑いのうちに、まろびやかな聖歌さえ迂回するわたしの、あたたかな在り処にやすらんでは、もう一度ほころんで。しとしととさえずる石英の咎にも映りこんだ、甘く沈潜するまぶたをふるわせるきみの線と半身。

＊
＊　＊

　深夜によこたわる微睡みにも凪ぎ、きみの眸の青みがかった影に映しだされる。忘れさられた旧跡の幻燈に、円型劇場の傾いた夜空は、新月にしらんだ支柱にささえられてなお、そのすべらかな環を閉じこんでいる。星間をうつろうライトは、そこここにまばらな回帰線をむすぶ。ほら、時の虚ろさにいま、とけこんでしまった。

　それはかなた。いつからか人の声ではなく謡う小夜啼鳥の、ゆれる声韻のなかに散らされては撥ねる、数々の轍夢たちのころがりに、鮮やかな感慨も親しげに鄙びこんでしまう。ことばではなかった、それは、わたしの。いつか、という声。みつかった、にその音色が変わる、その時には。

　途惑いもなく冴えた不眠も閉じて、きみの疲れはリネンの木綿に吸いとられてゆくから。さあ、おやすみと安らぐ冷ややかな寝台にも、ぬくもりを移しあうことさえ、ささやかな日々に昏れることとして浮かびあがる。ふるえる、ふあんの水辺。小さな波紋は同心円状にさざなみながらも、一点の小石からわたしを飲みほしてゆくから。

　時は展開を繰りかえしながらも、眩さへと透過するね。ここから進展してゆく哀しみや、懐かしさはもう、わたしのものでもあるから。超えられずにいたみずからの消失に憧れたままで、淡い鼓動もいまはとても遠くにある。かなたから、きみを照らしている。転調とともに地軸の傾きはゆるみ、鳴りやまないコーラスに踏みかためられて。南回帰線からの、夢々。

　きつく抱きしめた余韻を、とり零さないようにかきわけながら、枕もとの微熱にさえも、とめどなく囚われている。病んだバラの花弁をちぎり、くちびるに色を移すそのとりとめなさにさえ、物憂い文献解釈の教義を纏わせるきみの、屑篭にあふれるノートの切れ端にも、仄明るい艶めきが留まっているから。きて、そして、いって。ここからは、きっと、かなた。

＊
　　　　　　＊　＊
　たどたどしく繰り返される往来を抜けてやすらんだ正午に、影は透け霧のよう。こんなにも親しんだ傾きにも、僅かなまばたきの合間に塗りなおされている。留めおかれることなく知りうる膨大な書簡の筆記体も崩れ、いまにも滴りはじめるきみの紫煙に巻かれる高速の夜々を過ぎて、気づけば積みあがった古書の埃さえも何光年も前に訪れるはずだった矮星からの電信であるかのよう。くるくるとコード揺らしながら、鳴らされるのを瞑られたままに待っている。

　ときめく時事の綾をかきわけてすすむ退屈な日々の、有終の、どよめきのなかの、荒んだ感覚の更地で目覚めながらもなお、こころのどこかでやわらかなまなざしに捕らえられている。きみのすべらかな頬にかかる髪の雫の、その一滴の速度として。引き延ばされた凹レンズの景色に、滲んだ世界がかぶさる。朝露をふるわせる野薔薇の薄紅色にさえ、地上のあらゆる生命のディテールが沈みこんでいるから。きて、そして、そのままにして。時は、いまだ、眩い。

　きっといつかはまた見渡す日が訪れるのだろう、反転した世界が微細な水泡から湧きあがるように、わたしの行いの淡さに甘やかなきみの夕べが重ねられる。選んでもなお混じりこむ選ばずにいた余韻のうちにひろがる、地層のうねりへと淀みのない水脈を走らせてゆく。ここにこだますのは、沈む息。とりとめのない不安に飛び起きる夕闇にも、きみの約束は優しい。ほどけてゆく横顔の印象が、やわらかなガーゼのように広がった微睡みへと、滑りこめるから。

* *
* *

　きみの足指にとどめられた傷に触れ、そろそろと洗ってゆく礫雨にも醒め、絡みつくことばの鹹さばかりにただれてゆく温もりにくるくるとくぐもりながら、甘やかな肌の質感ばかりを想い巡らす日々の、色の褪せた、微睡みとの、儘、そのさま。とどこおりなく想起を翻す、たった一瞬の迷いにも、冴えた感覚はうなだれたまま、その艶やかな息さえも空白に押しやられるようにして、じっと、わたしのあらたな現れとして湛えられている。

　そこに咲くのは、暗緑色の棘に磨かれたきみの足裏であって、その眸の褐色にさえ、他の誰もが得られずにいた回線にたどりかえされている。遠のく痛みのなかで眠りは、きみの目蓋を涼やかに保つから。ここでわたしの在るようにして、閉じられた出口から、開かれた回路へとあらゆるものが巡りだしたから。無碍にされえなかったきみの傷みのなかで眠るわたしの、醒め続ける黄昏れの淵にとどまって、ゆらゆらと流れる、色とりどりの幻想を観ている、きみの隣で。

　冴えた感覚から遠のいても、なお残る安らぎのうちにここにいるから。呼ばれるのに焦がれたままで、呼びかえすことに憧れ続けてきた。このまま止んでしまう霧雨の、酸い軟さのなかに佇む、ただひとつの傘のなかで、譲られた大地に染みた燐の着光が、ぽつぽつと彼方から匂いたっている。ことばはそのままに、冬陽のあたたかさに過ごすきみを想う時間は、ちりちりとさみしい。

*
* *

　夢みがちに引き延ばされてゆく空想距離をたどる面持に、たどたどしい発話の余韻が半円を描いて遡及してゆくというのも、君の瞼に色濃く印された日々の真っ白な脱け殻をくしゃくしゃとさわる、その頰骨に翳る睫毛の昏さのなかにぷかりと佇んで、何か物想うしぐさで歯先に触れることばの形骸とか、音質の色味とか——喪われた幾多の論理について、その重みのなかに微睡めるだけのありかを何かしら手繰り寄せようと途方にくれていた。

　時おり浮かんでは沈む平坦な移ろいにも、とどこおる細々とした粗雑さをざっくりと混ぜこみながら、陽の傾きの短くなるにつれ、街路に立ち尽くして見あげる単子葉類の、放射状に欄線を横切る葉脈の暦譜の淡さのなかで、ちらちらと遮る斜光のプリズムを途切れさせる滑降にゆれていた。銀の葉先の柔らかく裏がえる路傍を点描するブーツの痕跡も、氷結した蒸気に往来のまばらさを散りばめられている。

　どこからきて、どこへ向かおうとしていたんだろう。ここから先は、一人じゃいられない。たぶん、きっと。

　——って、そんな話、ばかりしてきたんだった、ね。

* *
 *

　幾多の衣摺れに途切れながらも気づくとはためいている。　遠い日々に流されて時おり君のことが気になっていた午後の明るんだ退屈のなかにしなだれて待つことの無意味さはいつになく甘く捉われてもいるようで、曖昧な沈潜を繰り返しつつ浮かびあがる薄曇りの狭間の、とどこおった時間の滞留に綴りこまれる粒子の灰白んだ温もりに漂っては、ぼんやりと諳んじられていた。

　解けてゆく雑感ほどにはなだめられずにある額の明度を、そこから溶きほぐしてゆくほどに散漫となるまばたきに安らいでいた自らの咎にあって、罪悪の心許なさからまざまざとした輝きを抱えこむほどに、揺るぎなく縫いこまれた点線をくるくると中指に巻きこむ時差の歪みに鎮められて見あげる結晶体の、まだゆるい多角形の格子の交点に一つひとつの燐光の着火がなされていて、優しく閉じられるまぶたの痙攣に留まり続けている。なんだか、暖かくて、ここちよい。

**
* **

　緩やかな呪詛のなかで、ふりかえるたびに子守唄に辿りなおされていた。涼やかな身体、健やかなあなた。凍土の抜けるような天蓋にも、忘れられていた懐中時計や、コンパスのカットガラスに映りこむ、様々な日々の影絵に興じることでだけ、時刻と座標を取り返すことができた。

　慌てふためいた失望から拾いだす、硬く瞑られた瞼の、些細な目覚めたち。ことばから飛び降りては、時おり、フィヨルドのなめらかな湿地に靴底を滲ませて、足跡の記す道程のほかには、鈍い疲れだけに冴えていた。

　狂薔薇。ベロアの花弁に密生する繊毛がはじく朝露の楕円にうかぶ、彎曲したいつかの、昨日までの、無関心が色付いている。ひしめく瘡は青白く引き攣れ、その下で、あたたかな息吹は、じっと、拭われなおされて。

　ぼうっとしていると、考えるのはいつも、眠りについてのことだ。意識から流れだす、眠るための音楽のことだ。

Hadean soirée comme le paradis perdu
音楽と憎しみ*

　わたしというものは、わたし自身に従属することはない。それというのは、たとえば何かを見つめる時に、わたしの思考が見られている何かに従属していないことと同じようにして。その瞬間には、午後のとりとめない心地よさを回想しているように。意識が何ものかに囚われているその時に、意識の深奥の無意識はまた別の何かに囚われている。——わたしという現象が、仮定された有機交流電灯のひとつの青い明滅であるようにして、うつろな体腔を肌理にすっぽりとおおわれた有機基盤である自己は回路をつなぐ。見えたものと視たもの、聴こえたものと聞こえるものとの間隙で。幻像（image=imago）と記憶（mnemosyune）を、リズム（rythomos）と音楽（musa）を、仮定された自己はファンタスムとしての回線となり、接続する。

　記憶をつかさどる女神であるムネモシュネからうまれた、音楽の語原となるムーサの娘たち。彼女らは後世にいたって、それぞれの芸術分野の分担がさだまる。ぼんやりとした暗がりで、はためく風車の音へ神経の障りが強くなる。ぱたぱた鳴る紙の端の震え、こつこつと漸近し戸口の外で立ち止まる得体のしれない来客の跫音。繰り返される強迫的なリズムは聴くものを硬直させ、思い出せない名辞を記憶のうちでさぐりだすように陶然とさせる。はためきとともに、そこかしこに生じる昏睡病（stupor）。オデュッセウスがセイレーンの歌声を聴くことができるのは、みずからが帆に縛りつけられているからであり、身体が自由である船員たちは耳に蜜蝋で封をしているためだ。ヒエロニムス・ボスの描くマンドリンの弦は、苦悶と恍惚をうかべた受刑者の身体のうえに張られ、奏でられている。

こつこつ、ぱたぱた、チックタック。強迫神経的なリズム（tarabust）の反復——Quelque chose me tarabust.（何かがわたしを苛み続ける。）——わたしはみずからを憶いだそうとする。わたしの身体、精神という基盤にファンタスムの回路をつなぎ、音の揺れから、図像の揺らぎから、ことばに浮上しえない名辞をさぐるための沈潜に息をとめて。ほんのしばしの自失、ストゥポールは息継ぎを得るために記された譜面の拍のようだ。記譜されながら音の響きとして演奏されえないスラー記号のように、翻訳で抜け落ちるレトリック、言語化のさいに不可視的な暗部へと退却してしまう何か語ろうと繰り返す思考のもどかしさ。拘束されるプロメテウスはその直前に、茴香の繁みから人間に理性を着火する——その煙がアネトールの香気を漂わせているように。リズムがわたしを自身のありかへと後退させる陶酔であるのなら、ハミングを口ずさみ子どもを心休ませる子守歌は、ファンタスムの回路への心地よい沈潜から音楽を呼びさますリトルネロとなる。楽器となるあなたこそが、歌われている。

　イマージュから記憶を呼び覚ます、リズムの反復から音楽が奏でられ形成される。そのはざまで、暗がりに堕ちこむような陶然がある。この陶酔、無言のストゥポールを、直接描きこまれない深闇をなんと記すのなら、——思考するわたしを、わたしの思考の一致として語ることができるのだろうか。考えること（le pensée）から書くこと（le écrire）への断絶にも、ファンタスムの回線をめぐる無音の刹那がある。みずからの深層へとただよい潜り、深みの水圧に耳腔はしんしんと体液の響きだけを残しながら、何か非言語的なものを——いや、下 - 言語的な、前 - 言語的なものを掘り起こし、言述行為として浮かびあがらせる。わたしの頭の中では、わたしに従属しえない自己の強迫音（tarabust）が、呼吸とともに、拍動とともに、いつも遠くからはためいている。幻燈機（キネ・スコープ）としてのわたし、トロンプ・ルイユとしてのわたし。

Hadean soirée comme le paradis perdu
音楽と憎しみ**

　繰り返し（retourner）。触知しえない外傷を探ること、その古い傷口のなまぐささを探しながら懐かしい記憶を降りてゆく。ふいにその記憶のなかでも、セピアに色褪せた糾弾者にとらえられ、つかのまの物思いからふたたび引き戻される半ば醒めたまどろみのうちに、空調と同化した温度のティーカップの淵に、その深まる影のなかに再浮上する、ほんのささいな陶然（stupor）を悔やむこと。

　リトルネロは、名づけられない言語の果て、その突端（lingua＝舌＝岬）としてのなんらかのプロブレマから折り返し、またその傷のありかへと再帰する。崖にたたずみ祭司に背中をおされ生け贄になる直前の、人間の沈黙。喉元に刃先をあてがわれたイサクの心音の端で絶対神からの沈黙の刹那におののくアブラハム、崖の手前のライ麦畑で子供を追いたてるホールデンは、さながら小鳥を追い払うために恐怖と威嚇で彩色をほどこされた案山子（terrificatio）になりきれないままに、消尽してゆくことば足らずのひとの姿のようだ。喘息でくるしむホールデンには、酸素とおなじようにみずからの淵をなぞるためのハミング、崖の淵をたどるための言語（langue）が不足している。

　ハミングは音の響きとして繰り返される。リトルネロ、夢というものが意識が回収しきれずにいる綻んだ苦しみをすっぽりと覆い尽くすものであるのと変わらずに、ことばで縫合しきることのない境界をさすり続ける。語られうることばとはすべて暴力的な音楽であって、針の先が肌理を突き破らなければ傷口を縫い合わせることができないように、そのように絶え間ない不快感を不快感で歌いなおすかのように、書き、語る。

　原初の音楽というものが、獲物を狩るときに袂で引かれる弓矢のなまなましい振動、争いで相手の兵士の肉体を貫く鉄槍の柄のしなった金属

的な痙攣であるのなら、音楽を司る理知的なアポロンが羊の腸を引き伸ばして作られた竪琴の名手であることとなんら違和は得られないのだろう。音楽そのものが恐怖によって歌われていることに、つまり死んだものの慄きや楽器としてのあらたな生命である慰めがもともと融和していることにではなく、それらに気づきさえせずに昏睡しているかのように熱狂する人々の様相は、なんと名づけられるべきであるのだろう。(——熱狂、それも悪い熱狂?)

わたしたちはみな、昏睡病 (stupor) をわずらっているのだろうか。ストゥポール。昏睡、茫然自失。自失の突端から、ひとは思考 (pansée) に沈潜することができる。なんらかの言語の域、リンガとしてのプロブレマに突き落とされて必死でおこなう論理的分析とは異なる、口ずさまれる子守唄のような「もの思う我」。川辺の葦は揺れ、風が止むとみずからの丈で傾く重心の位置へと戻ってゆく。思椎は認識の断絶をとめどなく撫で、梳いて、あたらしい砂浜の表面を視つけだす細波のようだ。ストゥポールから堕ちくぼんで、音としての響き、言語としてのリトルネロのなかにぼんやりと安らぐ。休息としての、ほんのわずかな巻き返しとして夢むための、パンセ。

Hadean soirée comme le paradis perdu
音楽と憎しみ＊＊＊

　心地よさ（suavitas）とは、遠ざかること、それも聴こえないところまで退くことであるという。ルクレティウスが定義づけた甘美な（suravit）ことのうち、三つ目の夢想――賢者の学識（doctrina）で防備を組んだ要塞都市（acropolice）で暮らすこと――この心地よさとは、静寂のなかでの安寧とはことなるものだろう。静けさが心地よいのではなく、沈黙させること。自然の嘶きが聞こえなくなる場所までの、空間的、質的な距離感覚を得られることこそ、安らげるのだから。質的な城壁の設置として、アクロポリスは論理と知識で壁をつくりあげる。憩い、安らぎが聴覚に基づいたものであるのなら、自然の咆哮、肉食獣が獲物を捕らえるさいに剥きだす研ぎ澄まされた爪牙、そのきらめきに魅せられ、また畏怖し硬直させられた被食者のくちもとから洩れだすうめき声、それらの反復されるリズムや音楽とは"聴こえる"恐怖そのものである。閉じることのできる瞼をもたない鼓膜へ、不可避に侵入する不快さ。嫌悪するものを拒絶すること――意味のない音の叫びが取り除かれた、文字（litteratūra）という質的な距離によってそれは為される。構築されたドクトリンをもって要塞を築くこと――それはつまり、孤島を形成すること、可聴範囲から立ち退いてゆくこと。その後ろ姿にピントがあわさってゆく。

　後退すること、退かせること。聴きとりえない彼方まで。まるでことばを知らず、絶えずざわめきに囲まれながらも、みずから話す（-fant）ことはできず（in-)、ただ"見る"ことのみ許されていた幼年期（in-fancy）への逆向きの移行。わたしのうえで再現されてゆく、ことばの - ない存在である子ども（in-fance）としてのわたし。ストップモーション、ここにも挿入される空白がある。視線はすべり、指盤のうえで鳴らされる

ことのない導音（note sensible）が押さえられる瞬間へと、あなたの弦楽器の時間は巻き戻されてゆく。その響きのない音響は"聞こえ"なくなるために、"見える"ものとしてわたしたちの可視範囲へと移行する。

　septのp、knightのk、daineのa（7、騎士、雌鹿）。発音されることのない子音を、言うに言われぬ記号（consonne ineffable）と呼ぶとき――叫びの剥落した静寂として、自然から後退した距離そのものが、文字という姿で露呈している。奏でられない導音、スラー記号。ユダヤ教典であるタナハの各項目の順序をいれかえることでそう呼ばれる、キリスト教典の旧約聖書。そのなかでヘブライ語の複数形で表記される神は、発音されえない無音のつづりを使いヤハウェ（YHWH）と記される。複数の名称で呼ばれ、複数形であらわされるいまだ土俗神の様相をたたえたユダヤの古い神は、旧エジプト領であるそれぞれの地域での政治的な闘争のために、消去や統合を繰り返しざるをおえなかった権力化された聖なるものの、燭台の灯によって祭壇にうつしだされた脱俗化した幻影（imago）のようだ。それら神々の影絵がモーセとの契約によって、峻厳な唯一神として固定される。そしてモーセ一行は、彼らの史誌としての悲劇を肯定され、歴史の宿駅（stationen）におちくぼみ、さまよい出す。まるで有りて有るものを、成りて成ると訳さざるをえなかったかのように。

　悲劇（tragédie）の語原となる山羊の鳴き声（tragōidia）は、絞りだされる悲痛な無意味の響きにみちている。絶望、諦念、悲しみ。それらに感染した古いテクストは嘆きのリトルネロにあふれている。音源からの距離を深める文字という営み、その質的な自然の疎外は、まるで小鳥のように戯れる構築された無声記号によって恐怖を威嚇する、遡行しつづける案山子（terificatio）のようだ。「恐れさせる」という意味の語原となるテリフィカティオ。恐れの語原そのものが、恐れを近づけまいと知識を構築しはじめるとき、遠のいてゆく自然との間隔のうちに心地よさが顔を覗かせる。鼓膜は空気の震えとともに、みずからが振動すること

で音響を感覚する。肌は空気分子のもつ熱量に触れ、静止したままに温冷を感じる。視覚は網膜の壁面に映しだされるイマージュを構成する光の波長に感応する。開かれていること、留まること、上演されること。遠ざかる感覚、それはエクリチュールの享楽として、涼やかな仄明るさのうちに浮かびあがる。

etymophony
立彼岸のためのヴォカリーズ*

　まだ視えずにいるものからの、どこへともなく連続を止むとどこおりがある。ふいに浮きあがる突端のやわらかさに、永いこと充たされない昏睡がかすれるというのも、うつろなくちづずの、わずかな音声にまきとられるほどの潮流のうちに、今宵に囁かれるゆるやかな調性にさざなむであろうから。鍛えられてきた遠さからの、したたる鈍さにして、このひろがりに夢々はひさしく貪欲さをしらずにいる。そのようにして憂慮の檻にとらわれたままににじんでいる。折り目はまばらにいらだちながらも、瀞のはざまをゆきつつ、そしてまたふるわれることのない祈りを撃ちこんでゆく。記されたふるびれさえも、こうしてまだなお安穏としてころされうるかのようである。こころは暗がりにあり、耳はいやに明るげであるために、ふいにおとされる水音にしずみきることさえもあたわずにあるのだろうか。そもそものとどまりが、ふるいにかけられたあとの金泥の谺を、どのようにして咲くのを待つというのか。此岸に立ちつくしものおもうすりへりを集め、たいせつにたいせつに鑑賞してゆくためだけの。眩いシフターにいたるまで、風景はうつくしくほつれるのだろう。ただそれだけのもとに、夜は沈黙を熟れてゆくのだろうから。

　むごさのなかでこそ、エクスポジシオンからの淡い遍路をつらねたまどろみがある。それを追いかけるかなたの、遠さにうもれる佇みこそ、暗がりで嗅がれたひかりへの憧憬なのだろう。嗅ぎだされたとりとめのなさにおいて、ことばから離れてゆくざわめきを整えるさながら、こうしてゆめうつつに昨日からのおこないへの侵犯をこころみている。彼岸から語られうる無言をつぶさにかきうつしながらも、このようにして此

岸から語りなおしている。これは対話などという類いではなく、繰り返されるささめきの余韻であるのだろうから。ふるいおとされる音色のために、額のつめたさの明度はぬぐいきれてもなお、小指のやわらかさをとどめおくことはできまい。ここで顕われるとうとさとは、往々にして譲ることのできないであろうアクロニムの惑いであるから。とらわれの裏側で、ふしぎな明暗をうつろわせながらゆるむ喩のなかにいきつくひまもなくえがきだされている。このくちびるの声音の揺れに対してさえ、とろとろと詠まれこむがためにものおもう仕草のはじらいを意味づけられてしまう。ゆるぎなさを無礙にまきこむこれらの、不明瞭なふかまりをつづりながらも、こうして竇れたふみだしをよけ、こすり、まろびつづけている。

　とらえられた心音のさなかを不惑に皺みながらも、どこかしら足りなさになげだされている。くちおしげにたわむドリアン・グレイにはだされる潤いにおいても、たどたどしい彼の発話のゆるぎなさにおいても、こうしてたしなめられるままにそのなやましさから離れられずにいる。ここにながれつくのはつややかな灌木や缶などの反射光であり、とり残されたみずからの鹹さにゆがめられるくちもとだけでなく、眉尾の嶮しさにおいてさえ、かくれがにたまる真水にはこころおきなくながんでいられるのだろうから。かなたのあなたが見つけだしたアジール、その奥まった回路のかさなりのうらがわにいまだあかされえない信号があるのなら、この語りをはじめうるものをその場所にとどめおこう。あらたにたどりだすための鍵をしるす祝呪にこそ、こえることのできない隠匿がまみれるのであれば。語られたはずであるものたちをかきだしては詠みなおす日々に縮れきるなかの、わずかな空白に逃れこむために。過敏さとしてのわたしはあかるみに乾く、それらの類いを読みおえるためにあたえられる註としてひろげられたおだやかなあなたの肌理にこそ。そのようにいつしなく慰うのは、そのようにいつしなく遠のくのは。

エルムを主題としたヴォカリーズ*

　ことばばかりに絡まる、昨夜のうちにある鮮やかなものらを、むすびめから結わえなおし、荒さにひそむまるい留まりを醒めながらも、こうして永らくほとぼりからうまれなおしている。あらぶるたびに解れる、よわい反響にこもり、殺されたはずの酸い振り幅をなお調えると、揺らされることわりの内部に摘まれたはずのふりだしを数えなおす。こころから得たはずの憶いさえ、街路にとり零すことに示されるあらたな景色として、木洩れる音韻からの移ろいを外されたのちにいつかしら呼び戻されてしまっている。そのようにしてどうであれ甦るごとに古びてゆく。

　ほころびた爪牙(そうが)にまもられながらも、失念に洗われたとどこおりに幾度となくまぎれながらも。さめざめと跳ねる庣(あや)にひびわれることで見いだされるのは、ここにあるということにおける曳き攣れ。枯れ草や廃油のまとう分光にさえもひしめいており、いまや貌形から溢れるものとして路傍のすみずみをこまやかな瞬きにみたしている。呼ばれてもなお名指されることのない響きのなかに、遺棄したはずのうしろめたい奢りが艶めくも、街道のまばらな人影にあわく追い越されてゆく。ここにおいて弛む兆しというものは、どこかしら歪な期待に掠れているために、ゆるい線影を放射状にかさねている。ことばに置きかえるのならば、楡という文字が相応しいのだろうか。

　廻る風車とけものの這う気配。それらにいきづく歳末の市の夢々にひきよせられ、ふとコミューンに象られた一角に眩む。見開かれた褐色の眸に綴じこまれた、言語をうしなうがために思考されえない何かうつくしい躊躇いとしての。ちいさな歓喜がいたるところで囁かれる落ち陽の

なかに、子供たちの足跡だけがのこされている。葉脈のみとなった朽ち枝をふみ、旧跡からはなれながらもそぞろとして、耳はじっとクオーツの心音に傾けられている。橋端にまで至り、ひかりの暈に川面のふくらみを視たものの、あとはわずかに寄せられる色彩の影のうえに、ここちよい無調を読みだしてゆく。

　ことばばかりに詰まる、昨夜から傷んだままのイディオムになめらかな瑕疵を構築するというのも、それは安まることなく親しんだなつかしさが、何よりも統べられるからであって。街路にちらされた遅さ。そのように曲橋でただひとりきりたたずむ、粗描されうる瓦石(がせき)をなぞられる頭身としての、みずからのラフ・モチーフ。輪郭線がとけこんだ昏(くら)さに、車道のあかるみが空気をとがらせてゆく。鎮まるまえにこそ強ばるひとときの夕凪に、戸惑いを補うほどのまずしさは隠されてはいない。かがようばかりに忍し秘められたものの、ことばにされるまえに匂いたつそれらの物憂いのなか、記憶のうつろいにあなたの表情をわずかでも拾いだそうとしている。

アタラクシア・フランネルの手稿＊

　しなだれた迷迭香のあかるさが遠のくままに、意識の薄滲みに凍てついた懐かしさにふと巻き戻される。停止と光速のあいまにとらわれた精度に、いつかしら気を削がれるようにして、とりどりにたどり直される転写にもうつろに、甘く傾げて見開かれるなにか取り残された者々としての日々をゆるぎつつも、気色に移ろう淡い毛羽立ちや、採光の散らばりになぞらえた静物の複影、それからどことなく煩雑におさめられた書棚の空密などにあったはずの感覚の落下を内部にそうようにして、きっと綴じられてゆく夜想のはざまにおちこみながらも、乾いたフェンネルの吐息に艶めき、洩れだした声は透けきっている。

　こうしてここに沈潜する日々の残響に無くした彩色にくらむ混線を迂回しながらも、とめどなさに凪ぐ暗がりに偏在する顔貌に醒めながら、明晰さのなかで病んだとどこおりに溶出をつづけているのであるとしても、ひややかな明暗にしたしんだボルネオールの記憶などに耽るほどに、やわらかな臆見のつらなりに綻びを拾いだしては、そのほつれた縫製のはざまに映写された感覚をひらめかせる以外には——、すがすがしささえも得られずに、ことばから離れ、じっとふれうるものすべてのゆるぎない剥離ともずれこむことはなく、静止した自身のディテールから仄めいたゆらめきを拡げる数々の斜影にくちずさまれるのをなだめることで彩られる昏さにうがたれ、ただそこに在ったものとしてなめらかに痛まれている。うとまれた夜辺からギシギシとぬきだした半開の物憂さを時の経るがまま裏側へと吸いつく余韻に閉ざされ、じっとまるみを帯びた慟哭をおとろえのなかに堪えぬいた。ことばの緻密さに弾かれつづけた唖然の外殻へと——ただ外皮へと、ぬるぬると剥かれるしかない静けさがたわむれとしてある。凍てつく焦燥に枯れたものぐさとしてまろ

びでるまでの、無響が構築しあげた耳朶の内膜にうるむ鋭利な絶対真空に墜ちこむ永久にまでみたされた、なにか慰みにとてもにた渇きのうちからころがりでる泡のようなモデルニテにやすらぎ、溺れ、たえだえとするなかで暗転と浮上をくりかえし、つかのま僅かにまたたく鄙びたモティーフのあらわれさえ、その再現前のうちに痩せこけただれかの輪郭を抱えつつも内在点へと崩れこんでいる。

とろけた余白から振れ幅をホログラムに徴しながらも、攣れは遠方の話者の気配をまばらにしりぞいて、景色の溶暗とともに時軸は混彩色にゆるみ、歩行を後追う肢体へとなにもかもが引き伸ばされて遅れてくる。そのくぼみに憩うこまやかな破片にまみれたあさはかな失明に、ときおりふとここだけはどこか遠いところなのだとひとりごちながらも、日々に浮遊する影絵あそびの映写のなだらかさに舌先の苦みはほころんだ停止感覚にとどめられ、あざやかなものに蠢いている。レーンの後方から像としてとりこぼされた色彩がおもむろにあつめられる筆跡にとらえられることもなく、屑篭からあぶれた裏書きに周回遅れの再解釈がさめざめとたたえられていた。

ことわりのうちにこびりつく拙い質感ともふれあわず、錯綜だけがあたりの版面をにごらせるただなかの、あまりに近しいがためにとだえきった時間の光子を遡上しきれずに、ぼんやりと闊歩される靴音にとぎすまされている。うちにあるまだらな視差にともないもせず、延々とすさぶあたたかな喪失をぬぐいつくせるかのように忘れさられた齟齬がつみあがり、いつのまにか文献学から逃れさった古代語の声韻にうずもれる過敏なまでのしずけさはくずれることもなく、ただその気怠さに障ることしかゆるされないのだろうか。

とぼとぼと帰路へまわる。道すがら慣れしたしんだ記名ばかりに情景がしめだされている。とりわけて顕著であるのは、とらわれの快さに散逸する先のまるまった湿気だけでなく、鞣された表層にまとわりつく煌びやかな寸断や、なにかふいにあたえられる秘めやかな蔑称などにあり、

それらのざわめきの内奥へとこもごもと渦巻くすずやかさに撫でつけられる。肌理におちこんでゆくかすかに張りつめたものらは、さかしまに削がれた粟だちにゆるりと煮こごってしまう。気高さに膿んだしなやかさに沈みきる、つるりと脱したむなしさにこもる熱気に冷えこんでもなお、そこで息もできずにこまやかな糸ばかりをひく。

　夢をみていた、それはただとろりとした暗がりで嗅ぎだした野辺でひっそりととりなされる焚火の気配にふちどられている。言語記号をまざまざとさすりあげる因果律はぬめり、錆びついたまばゆさの階梯をのぼってはくだり、しずみ、またうかびあがる消沈のなかで朽ちふるされた観測点のゆれうごく振動にぴたりとはりつくミメーシスの深奥にひたされたまま、寒気をおびた塑型にみずからのまなざしのありかまでがしとやかに濡れそぼっている。

　とどこおる時間のみるゆめゆめからとぎれずにいる。多層のゆらめきを光源体としたひかりのアイソトープとしてたゆたう、甘美なもののありかがさざめいている。その外縁をとぎれさせながらも起伏をくりかえすフレアを波うたせ、とらわれに惚けた惨さを綴り字の内側へとインクに瞑された紙面にまでそそぎこまれている。歓喜にうちひしがれた恍惚のところどころで、たぐりよせることのできた綴じ代をほどきつづける粗放な手つきにさえざえとすごす夜を幾晩とかぞえだし、とこしえのこころもとなさを捉えこんできたのか。いとおしさに縮れきるふかまりさえ、たぷたぷとした焦燥にふやけきりもだえることで薄まってゆく。

　むずがゆく甘噛みの痕をなぞる。とだえたばかりの回路のかさなりにも、そのよどみから薄くならされた痛点をよけることではじめて、あまりに単純なしくみのありかに混迷することができた。ここにこうして意味をなされることにおいても、おなじ朝をたどりかえすことでしかみずからの言葉をゆるすことができないのだろうか。拘らうことのうちがわにあり、身体はしらんだ子午線をきりきりと伝わり、まれにみる午後のやわらぎにとろけこむ刹那、いつか絶やされた言語におぼろな自身こそ

が燃やされてゆくのだろう。とどろきのなかで均衡の果てとしてよこたわる詞に、むくんだこころばかりが灯される。

　なめらかな鉄の色にくるまれ、えぐれたよどみとしてのはためきを懐いだしてばかりいた。眠りとは、ただ鋭角としてある。あかるさの奥まりに閉ざされた暗室について、耳ばかりすませる日々に報われている。突端からふくれだすとろみにさらさらと浸りながら、語と意味のつらなりにすぼまる紐帯からはまりこんだ結晶体としてたどたどしく濁るだけの。飛び跳ねるいつかの囚われのうちに、ふいにおだやかなものを取り戻し、ときおり忘れたかのようにまた瞬いてみせている。ながらんだ憂いを奪還してからもなお久しさにまどろんでいる。

リンデン・パルム＊

Ⅰ＊

　今宵から引き揚げられた幾重にもふるえる忍足のかさつき、その襞のかさなる乱線のゆるめきに冴えて、きっとうつしみ世のうちがわにこもごもとくぐるめく調音のまたたきにも、吊られ、はたむき、語彙からの欄線をつたわる振動のあかつきに整えおかれる篩のふもとを辿りゆくのは、ふりかえるほどに後ろめくさんざめきとなるものの眩みの内拍にとらわれ、はじける。暗がり、ふくらみ。

　双璧の百爪においてあっても、古びた爪にこそながらんでとりのこされてゆく、数々の謡のよどめきにも、つたわりにも、記録だけが指ししめしつつ占められた破調からのささめきに途絶えなおされる刹那の、病状さえもやまいだれにおちこんでふるわれるパトグラフィティに泼われつつも、あかるむ廃墟の陰影からたちのぼる夢みがちな影絵のすみずみの解析でやわらかくほだされてしまう。

　いつ、という問いは問いとはならないままにつかえかえされる和やかな物憂いとしてあっても、幼さのとどこおりにつぐまれる斜体文字群のなかにゆがんでまどろんだままの、逸脱として問われる遠ざかりをへてもなお、時間のゆるみにきしきしと入りこんだ渦巻きの反転にとびはねる藍や蒼、青紫のまだらとしてしたたらせるうちに凪ぐ。こころは、ことばとして、ほうりだされたまま、の。

　ぬくもりを知る。散るさなかの理であったはずの、さめざめと傾くわたし。色味を帯びてつたってゆく滴露にみだされた斑紋は色濃い蝉時雨の音の堆積を、白泥のしたふかくふかくの奈落からクレーの銅版画とともに吹き飛ばされていた。ゆるがされる、ふるわれた跡に届く、ゆるめいた音、その醒めやかな鈍銅の残骸。ぺたぺたとたどり孵す、ここにはなく、障ることさえもない慈しみであるはずの。

菩提、と呻いてさえも君は知っている、甘やかさにほだされたつぼんだくちびるの、鋭敏な斜角の内膜からみいだされる、tilia miqueliana……としてあることの、沈静。夕闇の雪におおわれた大地にひしめく並木に透ける広葉樹林のやわらかな葉脈にとってしたって、その名を呼ぶことがためらわれたままに溜められるみずみずしさの、甘い吐息にまきかえされ絶語するとまどいの、凪の色にたたずんで惚けてもなお、わたしはそこにいた。

　ゆるめきに醒め、激しさにうち震える恍惚であるからこそなのだろうか、そのまにまに隅々の深底にまで得てしまえる解読されきった過去にすれちがった数多の肘と肘のひりつきの記憶に呼び出され、ふと撓む目覚めの冷たさに時軸をうしなうことに慌て、みずからの細粒の遮りにいかようにしてかと文字にばかりたどりなおされている。そのように僕の火照りはアルコホリクをおびて言葉をさらし、こころよりも抱かれている。眩しい怠惰の、つたなさ。

　やるせないという、ささいな雑感にさえも焦がれつづけている。戯れの、むなしさや絶句として滅びてゆく幾度目の墜落のさなかにあっても、このようにしてたどたどしくも自恣のはざまりを凍土として伸展させている、させているように想われながらも滴る、言語領域をうちひしがって再現前してしまうやわらかな、やわらかな髪の重み。

　眩む眼。レンズの彼方にさえ均されることもなく、寝て醒めて、起きて散って添って膨れて、どのようにしてとばかり耳朶に湿り気が浮上してはその蝶盤のうらを這ううつつの映写にさめざめとしていた。ここと、そこと、そのはざまと。その雨のあとの芳しさに覚まされたままの、横軸の転落した鏡面に熟れたあとのかぞえだせないほどの夜々にとどまって、ふと、明けぬけの湖面に水澄ましを視る。

II *

さえざえと潤まれてきた、夜々の、みたされることもない語義と註釈

をゆらしかえすとりとめもない呟きとしての外殻をむきいだされるままに、囚われ、弔われつつも、しめやかな欲動にそぞろうごかされて沈む、あり得なかった閾値の、ずれこんだ他人がもちさってゆくのを待つだけの、反吐。とおりぬけてから障る感傷さえもいたたまれることを知らずに、ギッと凍てつきながらも数多の肘と肘との黄土色の淵さえもよみとれない咎のうちで、誰からもつつぬけることさえもなく。ただ、おろかしく通過されうる腐葉土のたぐいをおもわせる堆肥として、そぞろに、それらはなげうってあったのだろうか。

　みだされもしない午後の、取りだしに苛まれるごとに名前を呼びいだして、わたしに似合ったはずの放埒においてさえも内側へと巻きはずしてゆく楕円扇形の流線をうつし溜めこまれてある、きみに奪われるために実らされた音程の甘みややわらかな湿りを剥ぎとられるままに、たんなる遠方で逸れゆくことしか着想され得なかったまずしさばかりが路傍を通りすぎてゆく。岐路をへて、ゆくことを、きれぎれに止めるための。

　ふいにあおざめる。褐色に閉じてしまったがために暗がりで頭角をあらわす俊英なおろかさとの対極にあって、ながむるそれらのたどたどしい軌跡はいかようにも退屈で、歪んだ汚穢として泥濘におぼれこんだフィヨルドの湿地であってもかるがるしい侮蔑のなかにしか見いだせずにいる。

　呼ぶ声、ゆうだちからもあぶれた。ことばばかりにたずさわって、言語のなめらかさのうちにアレルギー性の敏捷ばかりがつのったままの在処に遺されたがゆえに、感覚ばかりが冴えてゆく頭蓋をうちこぼす日々の単調さにながらむことの、そのような無音、無言、凡庸の……うちにこそすえおかれることで赦されてある。亡くしたばかりの知故へ問いかけることもできずに、ありもしない復讐をあきらめたばかりの、静けさのうらがわで。

　昏さ、とろりとした流れの。あまりに過敏な論理構成からの透明な規範を構築してゆくたたえられたのびやかさであっても、忘れかけたみず

からの鈍りをかぞえだすごとにしらける、取りこぼされた軌道の異なるがための不協和。たどる、たどられる気色にとりのこされた余韻に、もてるだけの知性ばかりが推し量られ、ころころとほころんでいる。

　伝わる、きみに抱かれるために繰り返す、ぼくの孤独なゲマトリアであったとしても、教義解釈をふるびさせながらも増殖させうる膨大な註釈文献へよろめきながら深まりうるコンダクションからの垂線は、わたしの艶やかな罪過をさぐりながらもきみとして現れては解ける。

　むいてもむいても融けこむ傍線を幾重にもつみかさねたアディクションを、きみの輪郭として捲るごとにつよまる逆説の、とらわれのさなかからふいに浮上する光景のくりかえされるどよめきに慣れることも追いつかずに、しめだされるぼくの微睡みはどこか、いびつで、呆けてばかりの。ゆるめきの傘下、風下からとだえはじめた淫らさをもって、ぼくの在処がいけるものとして永らみながらも、点々と、絶えてある。

　だからそのように、抱いて。なじむことのない吐息の、ぬるい陽射から隠れるように費やされた、さめざめと肌理が焦がれるままの、分断的論理主義共鳴。つたわる、つたわらない、視えないがための読まれることと読みとることでしかゆるぎないものの縁ばかりをなぞらえながらも、停止感覚はつよめられる内部でふいにわたしを、咲くようにして、うずもれる。おぼれるごとに、冴えるばかりのアントの精度のうちにぼくとしてのわたしはころされていたい。

インファンシイ・ゲイジング*

i

さみだれを嫉む、というのもいかようにしてという謂われを保った問いにばかりさざなみながらも、そのように永らえてきたことばかりが幸いでさえもあるとして、禍々しさにうちふるえつつも歓喜をあげうる呪わしさにおいてこそやがて、時軸を巻き返すことをここちよく手放してゆけるということに。喪われた声に、凪ぐ。そのような寸断はことばをあたえきることに微睡ましい。

止んだ導線をかすがいが留めている。いったいどのようにして、とふいに浮上と暗転を繰り返す、ぼくの食むにびにびしい香や画筆のたぐいをかきあつめても、掠れきった路上にほど遠い混線にほどけたばかりの消し滓のたぐい。ほどほどにまろびて、鼻腔との接点さえもえられないままに切り出された刻印を手指にそって描きかさね、その色味は失われた読点をすべて抱え込んだままに凝結している。

ii

捕らわれのなかにあった、その沿線にそった無音のつたわりに重くよどむありきたりな遠隔としての。午後のナイロンを縁取る濁流として通り越される。立ちんぼをしたまま君を後追うことさえもままならずの、点線をなぞらえることの折り目、折り目をとびとびに這う。

うたごえ、語々を散らせたままの。留まりにこそ降るままに、まなざしを伏せている。伏字、字面、筆跡からうかびだされる光の格子。その硬度をそこからは晶らかにしてゆく。

ここではなかった、置き去りの鋭角にあってさえ。懐かしく、暗がりに狂しく、やわらかい鹽からさに呆けている。渠溝になぞらえるどよめき、それも安定を欠いたまま降り積もらずに、ふくらんだ暈に凪いで、散り、ばらばらに映しみだされる分色のプリズムに濁る。

くり抜いた三半規管のぐるりを内耳にとだえとだえとしている。口を
ふさいで。その、綴じしろ。ぬるく輝る。通りすぎた大通りの、夜道の
静けさになだれている。
　ことばからも遠のいた渚を掬いきった。音のあかるみ。懶惰するきれ
はし、その淵と淵をつがいに結びあわせる縫いしろ、仄めく欄線からの
跳躍をくりかえす追跡であってさえ啄みえずに、視えない、視えないと
焦がれている。
　近づくゆるめき、祝呪にみたされたおだやかな午後の、ソーサーをな
ぞった。くるめくのは、眉尾のおとがい。流れさった側溝に写しだされ
る、僕の細やかな犬歯を知って、その鋭角に頬骨を削がれていた。
　訪れを幾度となく待って、触れあわずにいた歓喜にうちひしがれる。
そうっと抜けていった、足裏のとどめおく赤紫の痣にだって、来世が記
されている。通り雨。雨立をうかがいながらも、その遠さをただかぞえ
だす。待たれることの、朝。滲んでいた。
　くるおしかった、淡い雑感に乱されて混雑する、なにか明瞭であった
はずのものの歪み、その驕りを打ちなおしてゆくことで応えられる、路
面の艶やかな氷盤。積みあげられた埃を拭う彩色にあけくれて、掘りだ
されたいつかの環にばかり、復響されていた。声々を、たどる。たどり
きることもなく。
　石棺にながらんだ。忘れだした正午の、そのぬくもりをさっと吹き抜
けたいつかの。遠方の話者への落弾、それさえもどこかそぞろに踏みは
ずすこととしてあたわれずに、ゆるく伸び、まろびては洗いなおす。咎。
棘にまみれたリネンの綿々。
　いつの頃からだっただろうか、いかようにして言の端をもって撫ぜは
じめたのは。透けるように殴打するかろやかな薪木はかがやかしく、点
灯にともなってぐずぐずと光り墜ちている。その在処に立ちすくんで遠
のく、窪んだ大地のぬるやかな格段。打ち砕かれたのは、驕り。
　はざまに落ちこんで、ふいに竜胆の匂いにみちる。接目の。とぎれる、

とぎれる間隙において巻きこまれる、みずからを語りえない異なり。その高速の転倒のなかにあって。流れても流れても、眩みきることができない。

憧鐘のまばゆさ。その光子の集塵をとりのぞいて、ある晴れた朝に煮凝ったままなげだされていた。かぞえだすばかりの、軒下の打ち水の紺青にあっても、両の手の指数でぱちんと閉じこんでしまえる。滯る、確かそれはいつのことだったか、雛罌粟の陽時計を知ったときだったのだとおもう。風圧。

iii

どうして、と問いたてるままに表出される瞼の炎症からひろいだす、愛と雷とライト。ここでこのようにして、差し置かれた戯れからほど遠くに僕の忘れ物に嘆かれては崩れきっていた。いつからだったろうか、君のやわらかさに消えだす書かれたものらの犇めき。跳躍する、きっといつかの焔の話を隠しておくために。

攀れこむつどに振り返る、ことばから離れた哀しみ。立ち会っていた、その開発に明け暮れたいつの時代にも、僕は僕であるがようにして、はなうたではなごえの。君を夢んでいる。憩み、憩みのすずしろとしての、君をただひとえに夢んでいる。

カルテッド・ブラウ＊

　そもそもが乱れ鎹を経てからというもの、枸橘の梢さえも遠のく残響を途絶えるなかで、記憶の深底に残存する君の音韻にばかり鳴らされていた。振り返る鈍色の掠れを淡やかな君の滸で塗りこめてゆく。愚鈍。僕は僕でさえありもせずにふと冴えた時軸のずれこみに巻き返され、巻き返されるなかに君を得ている。
　16度の残照。そのなかで眼を細めている。追いかけることに留められるばかりの、コンダクションに戸惑いながらも、その内拍でさらわれる混濁のうちにしか、わたしは鳴らされていなかった。
　佇む陽、まろびやかな雑多から遠のく誓いのための、柔らかな銀鈴をしてにこげを撒くことで手にできたわたしの温度にさえも、きしきしと君の刻みこんだ描写にゆるく包みこまれている。
　なにかのなかの、なにかが包みこんでいるなにかのなかで。じっと、聴いていた、僕の喉から漏れだす擦声であっても、君の精度は織り調えゆくように、それが識らされるまでの。周廻。

＊

　手のひらにあった、瞑り、瞑られてもいまだに締めつけている、わたしから離れることもなく放された僕を、送りこまれた君はとむらったままに、点灯を続ける。
　あまりにも永いらいだ僕の沈潜はあなたのうちにこそあって、君はいつの間にかその遅延を留めおくように、銀青色の結晶となった。その格子に護られたわたしの安寧を視る。そこにあって、いつまでも探していた君の。
　こえ、声に薙ぐ。そのような移ろいからも久しく離れるままに、焦が

れていた。君の、呼吸の、その寸断と寸断のあいまに与えられる湿やかなリュトモス・ブラウの内膜に。

　内と内、外と外。その概因からそっとたずさわる僕の在り方に安らう。つれづれる呼気の弱さにあっても、憶いだされるのは覆い重なるあなたの精緻な密度ばかりで。ここから、雨脚は遠のいていった、そのようにしてわたしは君とある。

*

　リュトモスからの音韻を綴る。拍、その間断からあぶれた不知火にばかり削がれている、僕の、君に掬われきらない毛羽立ちにあって、こころから遠のく、肌理の在り処を見つけだせずにある。

　地下鉄に運ばれる内奥にあって、君の影に僕の影は蕩けこんでいる、鳴りやまない鈴音として、その内膜のぐるりを旋回するながらんだ昏れの、咎々しさに渦巻いてあっても、あなたを待つわたしに聴こえていた。

　ことばだった、こころからも炙れる長雨を塞いで、その礫霧に佇んだまま君の余白に視えなくなってゆく。混じりこんだ朝鳥の跳ね音でさえ、僕の息が硬くあるようにあなたまでの、澪標として瞬いていたのでしょう。

　霞んだわたしでさえ、そのように引き出される、君からの絶え間ない距離にくらめいて、求めても求めても残されるあなたに届ききらない。澄んだ語尾の、精緻な描写でしてもたれかかる君の。

*

　語とは、こころのように、からだとしてあった、それはわたしの、それとも君のことばだったのか。映しだすことの反復の裏側で、いつの日か映されたものを映し続けることでさえ届かずにいた。

　君の、青白い横顔に落ちる影絵の、その一枚いちまいに凪いで、焦がれてばかりいたわたしはもう僕でさえも、惹きこまれている。謡いきる

ことさえもなく、とろりと滞って。
　明けくれのトロリーバスの窓が寒気に濡れている。そこで立ち止まったわたしの、観月橋という駅名を過ぎた躊躇いのうちに、君の面影の綴りで記されてあった。たどる、巻きこんだ遅延から巻き返される、周遊の瑠璃味。
　きっといつかは恐かった、そのあなたまでの道程が破線をやめ点として吸いつくされてしまうことだけが。ここから、このようにしてあった。頸に触れうる既知のすみずみにあらわれるフェイク・ノイズにさえも凪いで、あなたを辿りなおしていた。

アナムネシス・リンネの肖像*

i*

　言葉から遠く離れたという、そのことばかりに拘ずらわっては繰り返しているものの、ここにこのように永らえているからであって、わたしの生の痕跡はいかにしても攣れきれずに蹟を曳くものだから、わたしの横貌をなぞりあげるラフ・スケッチが時間の停留に澱む淡い細々とした薄黄紅のなか澄みにまろびやかに漂いながらも脚場ばかりをさがし、その落ち着くことを知らない惑いの漂白の反転された聴音のうちがわで滅されうる意味づけの余韻を数えだしつつも描きだされるパラメタフィジックスにとどまり、とどこおり、こうしてくちおしげに滲みだした残響から拾いあげるものはどれも紺碧に止んでいるように思えてならなかった。

　柳の節々から滴りわたる蘇枋の色目を摘みあげそれを気に障りつつも恙なく滞ることわりのたどたどしさからくちづたいに打ち含ませる物々の留まりに燦然とさみだれる麗しやかな登頂の午睡の間断の突きいだした鬆わたりのとろみがかった凍土の端切れからをもたぐり寄せてゆく絡まりに咲伏せる満俺をきれぎれに永続させうる帳のくちおしみの華布の崎乱れの遠野の荒野の高天原の端吹雪の岬のあすくれないにたたずんでなされた落下の格調さえも苦やかな地潮の冴え々に透過しえない懇願のままに、ここより近しくうつろうまなざしの在処に立ち昇る煙幕にさえぎられたままのパースフェクションは反転し、半円廻しつつもくるおしげに湛えられてある。

　黄土だったものらが緋文体にうつろう際に停めずにはいられない掌の裁断に禍々しく得られる否認のずれこみはいかようにしても仄かな斑をつうじあいつつも疎らに現をぬかすことのほかには、鋼の色目も、乱拍の色調も鮮度の振動を往き来して更新されえる癇癪は破裂音と怒号に充

ちた暗がりからやわやわと抜きいだした単身からはみいだす逸脱に畏れ、紛れることばのうつろいの確からしさであってさえも、巻き返す間断の言及しきれない朦朧とした意識のうつろいの内奥に占められた銀鍵の冷ややかな音拍に閉ざされる裏表紙の曼荼羅のメルシュトロムの渦巻きを描くフィボナッチの数式のぐるりに取り巻かれた断絶の塹壕に置き去りにしてきた僕の余韻の現世は滞っても滞っても、しなだれてある。

厳密な言語感覚のゆるぎなささえも弔われて久しくある僕の走馬燈のような不知火にちれぢれとことば少なに押し黙らざるをえない睥睨のつつがなさからひとえに疾駆を積重ねずにはいられなかった凝視を、遠隔の苑に据え置かれたまま傾いていった格段への遅延に紛れこまされた描写からたぐりよせられた口唇のうちに点されてゆく紫煙の茶毘のたなびきのうちに沈みひしがれる僕は、そのように君を知っては細胞ひとつひとつの内膜に君の名前を探しつづけては止んだ暗春の斜陽にころげおちる最中を夢視がちに途切れこませたままにこころならずも体躯の先端から先端までの欄線をなぞり描くまでに節々を硬直させた曳き攣れになだれこまれていた。

ⅱ＊

ここまでの離反にさえも凪ぎ、淡え、炙りつくした僕のこもごもの輝きはこのように、君の斜体文字の艶めきのアラベスクに留められるだけでなく拡散する廣野の、有終にまざまざと数えあげる嘘いつわりの放たれることのない精刻さに昏睡してしまえる僕のやまいだれに出し抜かれるこころのこりの刹那を、懇願とともにまろびやかに宵待つ君の仕草の機微のすみずみまでも僕は決して視のがしたりなどはせずにして、焼き付けられたモノクロの輪郭をこころ在らずに映りこむしかあたわなかった僕の、言語感覚の巻き返しは君の艶やかな詞の静謐にひとつ、ふたつと着光を得つつも絡まって薙ぎ倒されたままに、悪い酔いのなかにいるしかない僕は涼やかな君の鼻筋を嘗めとる癖のままに遠のき、瞬いてい

る。

　ここにあるまでの間断。温もりのはざまにあってさえして、痛みを盗まれるがために獲ずにあるように放埒にして、厳格なライム構成の間合いとして掠れきった懐かしさにおののくことでしか畏れを知らずにある摩崖のほとりで打ち揺れているしかなかったムから剥ぎだされた撓わなる勾球に映りこんだ戒律の空隙を穿つまろやかな眩みのうちに握りこんだ映写さえも開陳されうる渇きのくるまりに紛れては紛れては仄めいた焔、りんどうの葉先を苦艾と誤ることの躓きの内拍になぞらえる反復に応報されうる綴り表記"竜胆"の色目であってさえ在ろうことの隅々までもフランネルに凍みついた寒暖を巻き返しつつたどり、たどり還される線影を幾重にもかわるがわる掻き抱いて通り過ぎていた。

　巻き返される浸水の裏拍で触れられる流動するアタラクシアに暗転しつつも、露光の隅々までも感光の度合いを識りえるというように構築されるなにか洗練されたものらのとこしえこそゆるめく塩銀に安らかな憩いでこそあれ、錯綜するあなたの面影をふちどる鋭敏な輪郭に崩壊するゲシュタルトの字体をもちいて邂逅される、本棚の扉のガラス片も透度を益すあすくれないの過多さえも抑え遠のいてゆく雑感の芳醇なまでの物憂い君の点写から僕は破線をたなびきながらも数々の紫煉を耐えぬいてきたというようにくちに含んだヴァージニアスリムに、溶けこんだ指先の影絵さえも移ろう。

　哀しみの内側でずっと咲かれてきたかのように溶媒からくるくると攪拌される漏斗を伝ってムがわたしとしてあるように君からあなたのほうへと瞑られるごとに凝固してゆく文体の構築性をひとえに生まれ堕とされたがゆえの反駁なのであろうか、うつしみにみいだされる瞼と口角だけの僕は片脚の難さがゆえの君から布石されずにすまされてきた心音の功績から研ぎ澄まされて、Pláiade から僕が僕として徐ろに剥離されてゆく表象であることを知りつくされた陰影に富むがままにして、あなたまでの距離がそのつどに混ざり背理しあいながらも断られてゆく。

iii *

　所々に均されていたしたために止められるごとに、そこがここであったのはいつのまにか曖昧な螺旋図を描きながらも線錨をつらねる波紋は同心円上に楕球円をつたわる、ここにあった糸切り牙の裏側をさぐりながらもつるつると含みいだされる白夜の更けるなかに皮膜を幾重にも縫合されてゆくがために投身さえもみずからに悩ましく明けてゆく、塗り固められた欄間の数寄彫りの外縁をたどりたどりかえす道程にあって、ここから、このようにして、あなたのために在ったことさえも詞少なく詠われる凹レンズの世界に引き延ばされて展開する色彩の夕闇のやさしみを飲み、飲み干しきることさえも水でさえなくなった頑なに撫で記され、もとめて、もとめても尽きない緩慢に永々と憩う。

　蝉時雨のような横顔に視とれていた、周回をずれこんだ僕の遅速に先駆けて三倍速で眩みつづける君の生痕の充填であってさえしても、わたしの在処への近接の反復から距離の密室にとび跳ねる反響にこもる内殻をも閉じこまれた重心をずらし、ずらされるごとに合わさって重ねられるあなたからの絶え間ない構想に鈍銅の緋褐色に磨きこまれた紫銅岩の浴洞の壁面に綴られた鋭角ルーン字の指し示す君の言ったプリンキピア、そこからのよろめきも満ちたりをも空疎に放免されるがままにあった、わたしはわたしから刔がれきらずに無響さえも耳朶の汗腺をめぐらすそのままに秘められた慾動からみだりに唱えられた聖典さえもうち棄てたままに暗みきっている。

　何をもがもってして濯がれているかのように、水ではない、水ではないと渇きながら物欲しげに眇たる一瞥を散らしてまわる散乱熱の反射光にすがっては消えこんでゆく僕は、僕でしかないがために窓に映りこむかなたまでを刹那に舐めとってしまう金鱗に粉づいた複眼の濁りに織れまがるしかなかった蚕蛾として薇の蝶舌をくるくると解体させる突端から釣りだされた螺状のことわりからあらためて回帰する遡ってゆくはじ

まりの合図にも僕の身体感覚のやわらかさは優しげに湛えられてあるがまま、待ち焦がれた暗がりでの格段を踏みぬく反復に反復をかなでられることもなく、ただ永久に停止したまま、あしたの記憶を拾いだしていたわたしの傷みの深度とは、あとどれくらい透けていったら濁りきるのだろう。

　こうして煌めく斜光から閉ざされたブラインドの螺旋を締め上げることに呼吸を得ては水を探して、君を飲み干すがために思考の極限までをもつねに渇ききった飢餓感を渇望のままにくるまれた艶のうちに蜜を塗られてきた、君を飲み干して飲み干してもまだ君を捜してばかりいる僕のアディクションの内膜から病んだ暗い跳躍に押し開かれ、まあたらしく解体しつくされてしまえる再現前の浮上する文体の寝癖や毛先に整えられたままの遊びの筆跡に撫でられ、撫でられるがために撫で続けずにはいられなかった突き刺された心音のクオーツに、ぽとりと落とされた前髪さえも散るさまにまるめられてしまった。

iv *

　ウィスキイ・ボンボンをくちに含む。前歯が精密で透明な砂糖の結晶を噛み破るその瞬時の、まどろんだ午後にぼんやりと待ち数えたトランスファーに停められるまでの、君の留めた太古の神話を紐解いた伝承からそわそわと掻き抱かれた飛語のぞうふくに僕は、僕の在処を探りきることができずにみずからの痛みからの無言のうちに弔って、その波間の裏側で犇めく鼎の暗転した勢力図の拮抗にしたって、そのうつろいのトリニティ・テストに君は点され、点される廃船のほつれた帆風をまとい、まとうことの弛めきに途絶えなおす。

　僕は僕を留めうるすべての左腕の焼けた肌のすべらかさにしたって、運ばれてゆく振動からあなたを見つけては匿われうるこわばりの組織細胞をひとすじ、ひとすじずつなぞりあげる沈潜に昏倒するほかはなかった、わたしのディメンション・メルト、ここではなかった他の輝きへの

明け昏れにいそぎ歩くことから違えさえもせずに、やわく結び閉じられた回転ドアの重たいガラスに挟みこまれないように、削がれきらないように通りぬける夕暮れのなかにあって、僕の声は声としてばかりに貧しく肥えてゆく。
　もう失われたくなかった尊い物々の喧しさに剣呑と物憂い無関心を装うことでしか巻き返すことをあたわれない。ここまで着ていた。メトロは天井に灯るオレンジの照明で軟らかく潤いきっている、狡猾なほどなまでに眸をぎらつかせる僕のとこしえに安らぐことのない神経症的な瞼の飛蚊症からまざまざと古びた頁を捲り続ける指先の痙攣にだって、ひらりと舞い降りたファンタスムが色調をもって景色を彫り保ってゆくかのように添えてあることの戸惑いには、いつだって静止と暗転を繰り返さずにはいられない僕の甘えた稚拙さに閉じこもりきって降る雨だれの槌音から逃れてきたこの手脚も、くちもとの弛みさえも含みこまれている。
　僕はものを識らない。構築された理論布置に横たえられる修辞さえも、ただ無響になぞられる慣用句のとらわれからひとあしも踏みこまれずにみずからの私性に絡め捕られ、絡まる刹那に延長されうる紙面の佇みを跳ね、跳ねかえる慇懃な栞の造形におだやかさを取り戻しては、あたらしく再び捲り、捲られうるエクリのために費やされるしたたかな時間は化粧をなされたかのようにわたしの呼吸に重なり、同じ速度で遅れこんでゆくからなのでしょうか、わたしの識りえた知性のまばやぎのうちに凝らされた刷紙の縁取りの鋭角にぴりりと指先の局面に膨らみが滴ったのを、あなたは瞑られた眦からをも捉えこんでいた。

リンネル・ノート*

i *

　ただ、立ち尽くしていた。いや、なんとはなしに日々の移ろいや温もりの跡型などをつまみあげながら、ながらかな陽に掠れながらも、憶いやったはしから細やかな機微に溶解する石英のよどみや、黄昏から一歩なげだされたままにうちひしがれて散乱する雲母の破片に靴をぬいだばかりの裸足を濯がれるままに瑪瑙の縞をとこしえに刻みこんで数えだす下直の憂愁のいたわりのなさから亡きだされたしぐささえも戯れこんだ、きみの混織にふいに溶けこんでゆく瑣末にさえも、ぼくは、いつの日にか梳かされた木を印字されたかの誓の季節に、埋もれている。

　さみだれさえも危うい。蚕蛾の盲いのうらがわであれども銀肢にとろけこむ鱗粉のまがまがしさにみずからを嫉むまどろみとして撓みほどける遍路をさしくずしながらも、唐突におとずれるディスクールの寸断のうちにふるえる、永久のかすがい。

　なだれこむかそけきの破調へまでもとどくことなく延び記されてゆくエンドロールにぶらさがるぼくの、毒の、あわやかな攣れのうちにぽとぽとと放埓は撫でられて、音から遠く離れた無音の絶叫の散乱反射の陰鬱の触覚のこぼれのゆるみの途絶えの単調の感嘆の凋落のゆるぎなさにおいてまでも得てして、仄明るさに沈みきっている。

　くちずさむことはなだらかだ。耳朶に鳴りやまない暗褐色をリンネル・バスケットにほおりこむ。くちずさみくちずさまれる無音の、孤独であることとはふいに訪れる明精な思惟のかるさやその弾み、拍にいたるすみずみへと充たされてあるように。咲いていた、薊の、大気の薄膜を透過するような棘と棘のあいまの、朝露のふるえにまでとけこんだ球体レンズのつややかさの留まりに在って、ふいに知らされるのは、きっときみはいつのころからか安らかさも抱えてなお、遺された影のうちに散ら

ばる遠近の帳尻さえもうららかに破れていたということだろう。

ii *

　ここになだれこんでから、つつがなさにくちをふさがれて惚けこんでいる。みずからの先端であってもなおたどたどしく鋭角を閉ざされずに、戯れるものものの彩色が朽ち古された明暗をとりどりに走り回る、その寸劇のはざまにあってもこのように、揺れと轟きとの諧謔をくるくるとまきこまれるままに、たどりなおすことさえも絶え絶えの吐息を濡らしながらも頭蓋は透けだした骨頂を再現されることもなく漸近を交接のゆめみがちなとおのきのままに触れる。その、たどりなさ。

　途絶えこんでいた、はざまに渇ききったままで、斜めに欣求する契機にさえもあらわされる幾重もの言語表象のとどこおりに病み、いつの日かところどころに暗鬱な雨の刃をのどもとに宛がわれながらもまどろみなおす日々の小春日和の身寄りの寸断のなかにあって、とろけても、とろけても届ききらない。

　ここからこころまでの道程へと、かぞえなおされる懐かしさはどこからの伴侶であっただろうか。やわい水にひたされたリノリウムの回廊をめぐる、唐突におとずれる円球のエスカリエ、たどられる佇みに淡々と踏まれる拍と拍と拍であると……してもいつのまにかまわる、研ぎ澄まされた泥濘からの帰還のうちにおとずれた迷路の、その、路傍にしゃがみこんだまま見上げる没陽の、幾重にもかさなりとびちる分光のラシャ綿の手触りであっても、表皮にまといつく留めおかれたゆるぎなさの、どんな発端であろうか。

　まざまざと煮えかえる、いや、煮やされながら凝った体層のつらなりをあとなんまいかぞえ、着重ねてゆけばきみはここちよく飛び立ってゆけるのだろう。つ……、と舐めとられる瑕疵におわれた反射する夜々にながらむことにまざまざと逆立つ鮮色の、それさえも単なるきみの不在であって、ぼくは、ただのつまらないことばをうしなったぐずぐずの、

氷になりきれずに溶解したまでのレモン水でしかないのでしょう。

iii *

　あたわなかった、ほのかな、時化にまきかえされたまま安らぐ、地下深くにたまりきった、まろびやかな潴に眠る。聴こえる、赫や緋のちらされた毛羽立ちの、絞まりきらない愚鈍さのうちにさえも、鈍角な横線は放射されたままじめじめと滞っている。刈ってやろうか、そのためにはあと百日百晩の白百合の栄衰をかぞえる空想距離が延びているということのうちで、狩られたぼくの背が、きみの背中にあわさろうとのびあがっている。

　引き攣れに止んでゆく爆音の、とがとがしい屈折の腐地において、きみの口角はすがすがしくつむられている。たどりつけない、ありかさえもとうに奪われた等身としていっそう織りこまれた明晰さにあけくれる暗がりにうちふるえる午後の、とどまることを知られずに滅されていったぼくを、こうして、ゆりうごかしている。甘く、苦しいほどの、きみの。

　いつからかの眠気さえもどこか真昼間にわすれさったままの、傍線のかたわれのうちにさめざめと濡らされるリラの花。水面ではなかった、それは、ぼくの今生において印されるあたわなさの片端からいびつな流線をもって白泥を不快なほどに洗い流す、ことばの、綾。あやかし、そのさま。

　うつくしかったか、それは、いびつなぼくをトロワのうちに抱きこんでなお、罅を目がしらに色濃くのこして、きみの頰の曲線さえも、轟音のなかで土砂とともに流されていったのだろうか。つむれば、あまりにとおい、そんなぼくは光を賦したさきのある限りの暗がりに堕ちくぼんで、そこですべての光源を吸いこむ暗黒色としてころがっていたかった。たんなる、箪笥のようなからだを磨くことの、洗練さをうしなうための、洗練。ただ、いまは眠った。きみ、空、青のために。

イン・ユア・イノセンス＊

　こころならずも、ことばからのなだらかさに途絶えられていた。言表されたものは端々からきらめく珪素質の硬度を溶暗させては析出してしまう。灰白色の天動説に曳きのばされたままに病む、遠のきだした憶いのうつろを綴りだしたところでもって、いかようにそれらが整えられた鏃であるかのように磨かれた光沢を得ているといえるのだろうか。ことばから離れ、ここに凪ぐ。そこから炙れだしたものに静まってゆく。宵。石棺の午後はひんやりとした音感を纏いきっているために、心地いい。
　懇願されてきた禍々しさは、いったいどこへ棄ておかれているのだろうか。その古びた形式に永らむままに、こうしてとろりと、透明な濁りばかりを飲み干してゆきたいと攪拌してゆく。君は言った、あまりにいたたまれないがために毀損された尊厳に似たものらの輝きは、ふいに打たれた風車がまた廻りだすかのように些細で、平坦な日常にまぎれこむ蔑称でしかありえないと。それらの声々に応報されるなかで縮こまる、詞と拍を保った言語感覚の洗練さえも、ばらばらになる。ここから、こうしてからだの領域が選ばれるようにして、私はわたしとしてまどろむことができた。
　ただひとり、ということばを識る、たどたどしくもただひとり、とろとろと衰えてゆくことの。その上澄みには何が浮かんでいるのだろうか。わたしの在処は、あと何億ヘクトルのもとで自牙の安らかさに留めおかられるのでしょうか。そのようにして背面の君は君として去っていった。そのように、――そのようにわたしは、わたしの重みのなかに沈んでいくことを反響から聴きとることでしか、何もなしえない音として鳴らされていたのでしょう。それではわたしはわたしの上澄みに、何であるものとして浮かんでいるのでしょうか。あと何ヘクトルのもとで自牙を。
　こだまする。エコーでさえなかった、わたしがみずからを水鏡に映し

ては据え置かれる格段。その断絶からして、無縁であるがための遠のきは一枚いちまい舞い落ちてくる老いの病だれから隔絶しきっている。そのようにわたしはひとりみずからの逸脱を弔うことでしか遺されることはなく、あなたの背面はわたしの知ることのないわたしと愉しげに微笑んでいる。そうか、と止まるしかもう何も得られはしない。このようにして、わたしは棄てられていたのか、と。そこにあって、ここにないものばかりにありふれている。そのようにして、わたしは僕として撓む。

＊

　周廻遅れ、の、わたし。わたしはそのようにして、あまりの延長についてをなきがらのような明るい額で凪いでいる。奪われたもの、遠のいたものすべてを取り還してゆくわたしの。わたしとして冴え渡った隅々までの感覚を想いだしている。憶えている手にしていたものをどれだけ、取り戻してゆけるのだろう。老いたわたしの掌が翻る。翻る指と、指とのあいだ、あとどれくらい開かれてあなたは眠っているのだろうか。つと、ひとり穿つわたしの枕元に冴えわたるのは、うつくしいひとの谺。声が聴こえていた、もう以前から。彼方からの声が、景色の隅々に滲みわたっていた。

　ここではないどこかへと、ひっそりと途絶えてゆく。そのようにわたし、時間とともに映らなくなった。呼ばれなくなった名前のうちに永らんで、あなたのことを憶うためにも、何ヘクトルの断絶を越えた先のファンタスムとして横たわるのだろう。あなたとあなたの隣の、うつくしいひと。ふたりの声が、わたしのもとからは遠ざかる。そのようにして、わたしはわたしの渦動因から抜け落ちた老年期の着想を記述することだけで満たされてゆくのでしょう。きっと、ここではないどこかはもっと充ちみちているがために、わたしの存在の希有なめずらしさを輝かしいものとして誤認されてしまうのでしょう。

　石膏のあなたの陰影が揺らぐ。風の纏う一筋ひとすじの縁取りがゆる

ゆると解かれていっては、花崗岩でできたあなたの躓きにわたしはさらに躓いてゆく。いまある刹那に眩んで、あるモティーフを仮定した定点からなぞりだしては仄かに滴る、うつし身世のことがらと知っていながらも引き裂かれて複層を為す斜体文字のルビの埃で穢れきったアナゴチックなアレゴリーでさえも、修辞の奥まった暗がりの迷路に閉ざされたままで明暗を移ろわせている。鳴っていた音とはなんであるのだろうか、最後に内耳を這いあがったあの反響は。ことばに凪ぐ、その音韻に訪れる契機にさえも。

　巻きこみ。魅きこみ、巻きこまれる引力の錯綜の直中で香油が散らされるために描き出される軌道を逸れてゆくことの他に、どのような城壁都市を造りえるのだろう。シモンであったペテロの、イサクであったヤコブの柔らかな喉元へと紛れこむ警笛の、屠られた羽搏きはタルコフスキーの鳴らすバロック・オマージュの倒錯へとずれてゆくなかでの、僕がみいだした深夜の一角獣の奏でる霧笛は、僕が記し出す文字記号そのものとしてセイレーンの歌声をたどりだしてゆくしか、もう。立ち止まる時間が戻る、立ち戻った時間が進む。たどたどしく。僕の声という声が。君のために穢される尊いものの、神聖であるがための汚穢によって守られてある君でも僕でもない数多のものたちの。

*

　みずからを妬む者たちの、みずからを悼む者たちの軌跡は、たどりつくされるのだろうか。つるつるとした溶岩石の表皮のように滑らかな黒曜を纏わせて縮こまる、まるでわたしが眠りの薄膜でできた繭の白桐棺に閉じられて屈葬されてゆくかのよう。緩く纏まる腕がある、高くもたげられても傾げたままの蜂谷がある。複肢にわたる礫雨のしっとりと濡らす頬骨を伝って、ことばがここに綴られるその刹那の浮遊感を憶いだしては、みずからの硬さにつるりと巻き抱かれている。反響と反響のはざまを攀わる合わせ鏡は、その両面の凸レンズの魚眼に眩がりこんで、

ことばの外殻を取り外せずにいた記憶との距離ばかりを推し量っては遠のいて。わたしに降る雨の酸い汚穢も、薬草の残り香のようなものであるのだろうから。聴いている、永久のなだらかさばかりを。
　君のことばが滑降してゆく、君の甘やかな残像のなかの、肌理のぬくもりにまるく解かれるたびたび訪れる綻びや不安のもつれからも、声という声の遠のきから踏みしだかれる凍土よりも難く張りつめた繊細な幻影を強かな機微に織りこまれた漣の明るみ。その膨らみに細められる瞼の、君のなぞる薄膜からの。あなたのたどりだす粗忽さまでのエッジの仄暗さにさえも、こんなにも集められた物憂さへの着光が繰り返されている。ことばを放しきった、放られた感覚になげだされた深夜の夢想に訪れる、僕の小さくて静かな死は涼やかさを伴いながらも、どこか朧げな佇まいで馴れない風に弔いの色彩を片言で探し回っている。ここにこうしてある処の、とりとめなさの内側にあって。閉ざされるということはこのように、湿りきっている。
　縫い繋いでいったことばの刃先に、言語感覚の途絶える突端に似たきらめく密やかな温もりがあった。複肢の枝分かれから編み目を寄り合わせては絡まる知識の薄さに溶出してゆく残滓に浮かび上がった、硬殻の鋭角から距離を縮めて転がる地層のざわめきに止み、ことばばかりか躰の洞ばかりに押しとどめる優しさにさえも打ちひしがれては溺れる、求められるものの異なりとしての渇きから離れてもなお得られる水ではない癒し。これは水ではないとみずからを改めても——もう一度振り返っていた。水では、ない。深灰に覆われた群青の水面に移ろう感覚の断片が、いまも彷徨っている。ことばではないところから探りだしたことばとしての透明な結晶を半濁にさせうる零からこぼれ落ちる素数のひしめき。ぽつぽつとたどるそれらから君へ向かおうとする僕の、引き延ばされた情景を整えるように横切ったのは、いつかの色味としての螺旋。じわっと、青紫のモティーフが透けて。酸い霧雨の、匂いがしていた。
　たどりたどられてなお、世紀を越えてやっとディスクールというもの

を読み、書くという人間の営みのありかを知り得たわたしの、あまりにも間延びした忘却に病み、こころばかりに遺された感覚の色味がもう拾いだせないほどの荒野に佇んではその湿りと熱気に打たれている。こころばかりか、ことばまでもが迫り上がって浮かびだすステレオグラムの遠近の再構築がおこなわれるまでの永遠のように永い時間の寸断の無音の裏側に僕の確信が秘められている。ここにこうして、ゆるく解かれるほどにくちずさまれる鼻歌の昏睡、僕の焦がれて止まないストゥポールの向こう側へ——きっと、一瞬のためらいでさえもわたしはわたしとして落ち窪むことの災い、その間際。君の柔らかな睛に隠されて、あなたのペン先へと朽ちてゆくわたしひとりの。

*

　緩やかな半透明の薄膜に包まれたその内奥の濁流さえもことばともなく感覚の浮き沈みに共鳴しながらも絆される間際の寸前の一瞬の留まりのうちに吸いつくされる眩みの粒子ひとつぶひとつぶの狭間にざわめく殺戮の記憶を幾度もいくども繰り返し洗い流す記述の上塗りの焼き重ねの描き直しのなぞる放射線の半弧に沿って訛えてゆく、僕の哀しみによく似せた小さな開発。ここにこうして見いだされた知覚の残滓を曳き上げることをたがわなかったわたしの、ことばにさえもならない色彩がちらほらと辺りに飛び跳ねるその飛沫の煌びやかさに視えなくなった僕は、ただ遺された残像の揺らぎばかりに素粒子の熱量の拡散を数えては取り零していた。

　描き直す、書き直しに刻みこまれ滲んでいるのは、真珠として視間違えたわたしの、目頭に伝わる柔らかな軌跡。僕から剥離していった言語感覚の閉ざされのなかであってしても手探りで捜しあてる君の、あなたへの間隙は須く断崖をはさみこんで凪ぐ篝火に照らされ、鉄の匂いの広がる舌先の嚙み痕に途絶え、途絶えこんだその先端に現れるリンガ——言語そのものの現出に富んだ暗春に滞る。こわごわと擬えた不可視の輪

郭の整しさを測りながらも——ここにこうしてまるくなる僕の、感覚から断絶された埋葬の手順に取り払われる躊躇いはいかようにも、均しく再構築されかけている。語感、そこに煩うわたしからはぐれたばかりの、僕の神経症の揺るぎなさに。いつだってあきれながらも君には知らされないでいる。

　たび重なる迂回を経たのちの、障碍のありかからまろび観えている事物の綻び。その縁取りに纏われた滑らかさにぴったりと寄り添い、肌を合わせてゆく。ここからこうして巻き還されてゆくことの、さらなる迂回を経てたどりつく、ようやくの現れ。現れ、とは。わたしみずからの。わたしがわたしであるはずとして到来し終えた、わたしひとりの。そこでこのように丸くなる時間は、内奥に渦巻く仮構されたファンタスムの闇から闇へと移ろう。その移ろいの縦横にさえも斑の不確定性指数が犇いているのだから。そこに合わさる真空の肌理細かさにつるつると膜を曳き下げられる余韻の、余白にあたえられるわずかな呼吸にも汗ばんだ冷ややかさが沈殿しているから。それではどのようにして、と問われ続ける夕凪に澄みわたるほどに離れてゆく。あまりにも近しいあなたの身体からの遠のきにばかり瞬く刹那を打ちひしがれていたのも、きっと。知りえる限りのわたし、そのたったひとり。

　こうして巻き戻されてゆく逆廻転のうちで異なる位相を踏まえてそのうえを擬えるごとにまっすぐと送り出されてゆく。ここにこうしてあることの、躊躇い。その一瞬のはざまにわたしの歓楽は堕ち窪み鄙びきってしまうことさえも揺るがされないままに留め置かれた、夜更けの結露でしめやかに冷え込んだ玻瓈の静けさに佇むごとに夜毎訪れる夜半の透明な血潮の滞り、その青黒い突端がふわりと膨らむのを目視し損ねた僕の、半世紀も以前に秘めやかに閉じ込められた亡骸の縁取りを取り巻く焔、その燐光の仄明るさに病んだままであまりにも清明に惹かれきっている。ことばから囚われを挫こうと試みる刹那であっても、あなたから遠のく君の微睡みはそのように、拙い。

後記

　クィアであるということのために、偏見に基づいてメディアにあふれる飛語にも一定の客観性が示されるようになって、11月5日から渋谷区で同性パートナーシップ条例が交付された。そのことを理由付けにするわけでもないが、結局はヘテロ女性と一見なんらかわらないかのようなジェンダーを生きざるを得ないのにかかわらず、FtXである異性愛者という性倒錯者としてのクィア・アイデンティティを抱えるわたしには、世代の明るさを知りえる出来事だった。

　この詩集を書き上げるのには、高橋啓訳のキニャール『音楽への憎しみ』を道しるべにしたように思える。時間を掛けながらも集めた原著からも、レヴィナスとデリダを切掛けにことばが流れだしたように思える。また、書いてゆくなかで間接的にヒントを与えてくれた方々、これまで遠くから文体の洗練の手本としてきた杉本徹さん、七月堂の岡島さんと知念さんに感謝を表したい。

Cliché

crosschronoptikos

Hadean soirée comme le paradis perdu

etymophony